Schildkröteninsel
Mount Kroko
Die zwei Piraten
Piratenhut

Wummel und die Rätsel des Piratenkapitäns

Du möchtest die Rätsel im Buch gemeinsam mit Wummel und Ida lösen?
Alle Aufgaben inkl. Lösungen stehen auch als PDF zum Download bereit.
Einfach den QR-Code scannen und losrätseln:

BIRTE KIESGEN | LEON KNEFFEL

Wummel

und die
Rätsel des Piratenkapitäns

tausendkind

Im Wummelwald steht der Sommer vor der Tür. Die Bäume sind voller Leben, ihre Blätter wiegen sich im Wind und tanzen mit den Sonnenstrahlen um die Wette.

Doch wo sind all die Wummelwaldbewohner? Es ist so ruhig im Wummeldorf. Viele halten während der Mittagshitze eine Siesta. Die Eichhörnchen haben sich mit einem Eis in die luftigste Etage, ganz oben in den Baumkronen, zurückgezogen. Familie Hase und Familie Fuchs kühlen sich in ihrem unterirdischen Bau ab. Frösche, Biber und Otter genießen das kühle Nass im Wummelwaldbach.

Waldmausjunge Wummel und Igelmädchen Ida drücken noch die Schulbank.

„Puh! Gleich haben wir es geschafft", denkt Wummel. „Endlich Ferien! Ausschlafen, baden, Eis essen, die Sonne genießen, segeln – und das auch noch zusammen mit meiner allerbesten Freundin Ida."

Ida zählt die Minuten, dann die Sekunden. 5, 4, 3, 2, 1 – DRRRRRRRRR! Die Schulglocke läutet ein letztes Mal in diesem Schuljahr und die Kinder rennen jubelnd durchs Tor hinaus.

Wummel und Ida nehmen sich an der Hand und laufen Richtung Dorfplatz, vorbei an Bäcker Ente, Gärtner Junikäfer, Schuster Spatz und dem Wirtshaus Wummelwald, bis zu Opa Ottos Werkstatt.

Schon von Weitem winkt Opa Otto ihnen mit einer Postkarte zu. „Wummel, Ida, ich habe die Schulglocke und euer Jubeln bis hierher gehört. Endlich habt ihr Ferien! Kommt schnell, ich habe Post für euch!"

Wummel und Ida kommen völlig außer Atem, aber überglücklich, bei Opa Otto an. Sie werfen ihre Ranzen auf die Werkbank und Wummel greift nach der Postkarte:

„Wie schön, Post von Ottilie!", ruft Ida begeistert. „Lasst uns gleich das Floß holen."

„Immer mit der Ruhe, ihr zwei", sagt Opa Otto. „Setzt euch erst einmal. So eine Reise ans Wummelmeer muss gut vorbereitet sein. Bevor meine liebe Ottilie aufgebrochen ist, haben wir über Monate gemeinsam an einem Forscherboot getüftelt – der Investigationis."

Wummels Opa Otto ist nämlich der genialste Tüftler aller Waldmäuse und weit über den Wummelwald hinaus für seine Erfindungen bekannt. Er geht zum Bücherregal und kramt nach den Plänen.

„Wummel, warum ist Ottilie eigentlich schon so lange weg?“, fragt Ida nachdenklich. „Vermisst sie euch denn gar nicht?“

„Oma vermisst uns bestimmt und wir sie ja auch, aber sie liebt Abenteuer“, erklärt Wummel. „Und sie liebt das Meer, das blaue Herz unseres Planeten. Unterwassergefährten fand Oma Ottilie schon immer besonders pfiffig. Also beschloss sie, die Geheimnisse der Unterwasserwelt zu lüften und die Vielfalt der Meere zu erforschen. Und Opa Otto half ihr, diesen Traum zu verwirklichen.“

Ida nickt. „Verstehe. Das war also Teamwork!“

In diesem Moment kommt Opa Otto zurück. Neben den Plänen der Investigationis hat er auch sein großes Tüftlerhandbuch *Erfindungen leicht gemacht* mitgebracht.

„Schaut euch das Prachtstück an", schwärmt Opa Otto. „Ottilies Forscherboot ist stolze vier Meter lang und zweieinhalb Meter breit. Da ist auf jeden Fall noch genügend Platz für zwei Ferienkinder. Das Schiff erreicht Höchstgeschwindigkeiten von bis zu vier Knoten. Und schaut euch nur die Ausrüstung an! Fischfinder, Meeresgeheimnisdetektor, Vielfaltentdeckerlupe, Pfiffigkeitsmesser und natürlich ein Haifrühwarnsystem."

Ida und Wummel staunen. „Wow! Dann nichts wie los!"

Doch Opa Otto lässt sich nicht aus der Ruhe bringen. Er blättert in seinem Tüftlerhandbuch, bis er das Kapitel *Flöße bauen leicht gemacht* findet. „Bevor eure große Reise beginnen kann, müssen wir noch euer Floß auf Vordermann bringen."

Gemeinsam gehen sie zum Bootsanleger am Wummelwaldbach. Dort herrscht schon Ferienstimmung. Der Strand ist gesäumt von bunten Sonnenschirmen. Im Wasser wird geplanscht, geschwommen und getaucht.

„Es ist heiß, holt euch ein Eis!", ruft die Gans Giovanni. Es ist ein perfekter Sommertag.

Auch Wummel und Ida folgen Giovannis Einladung und schlecken genüsslich ein Tannenzapfen-Waldmeister-Eis.

Opa Otto checkt in der Zwischenzeit das Floß: Rumpf stabil. Paddel vorhanden. Er rüttelt am Mast. Zu locker. Er überprüft das Segel. Es hat ein Loch.

„So, Naschmaus und Naschigel! Euer Floß braucht einen neuen Mast und ein neues Segel. Ich schlage vor, ihr geht zu Madame Biber und besorgt den Mast. Ich gebe bei Webervogel Wolle ein schnittiges und stabiles Segel in Auftrag. Dann treffen wir uns wieder am Steg."

Ida und Wummel machen sich auf den Weg zu Madame Biber. Sie streifen am Wummelwaldbach entlang und halten Ausschau.

„Wo steckt sie bloß?", fragt Ida.

„Sie werkelt bestimmt fleißig an ihrem Biberbau, wie immer", vermutet Wummel. Da, ein kratzendes Geräusch: „Cht, cht, cht!" Tatsächlich baut Madame Biber gerade an ihrem Damm. Im Sommer ist hier so wenig Wasser, dass der Burgeingang schon frei liegt.

„Madame Biber, Madame Biber! Wir brauchen Ihre Hilfe."

„Bonjour, mes amis! Guten Tag, meine Freunde! Wie kann isch eusch helfen?"

„Wir brauchen einen schmalen Baumstamm", erklärt Wummel. „Einen, der unten angespitzt ist."

„Wir machen unser Floß fertig für die große Reise nach Wummelhaven", ergänzt Ida.

„Wummelhaven? Wo ist das denn? Und was mascht ihr da?“

„Wummelhaven ist das Tor zum Wummelmeer“, antwortet Wummel. „Dort treffen wir meine Oma Ottilie. Sie nimmt uns in den Ferien auf ihrem Forscherboot mit.“

„Génial! Suscht eusch gerne einen Stamm aus. Isch war heute Nascht sehr fleißisch.“

Ida und Wummel wählen einen langen, schmalen Baumstamm aus.

„Attendez! Wartet!“ Mit einem lauten „Chrrt, chrrt, chrrt“ spitzt Madame Biber den Stamm mit ihren scharfen Zähnen an. „Et voilà! Hier, bitte! Ein perfekter Mast für euer Segel. Bon voyage! Gute Reise!“, ruft Madame Biber und taucht wieder ab.

Die zwei Freunde bringen den Mast zum Steg. Sie sind voller Vorfreude. Bald ist es so weit! Die große weite Welt, das große weite Meer wartet auf sie …

Am nächsten Morgen treffen Wummel und Ida die letzten Vorbereitungen.

„Wummel, jetzt geht es gleich los. Ich bin so aufgeregt! Was brauchen wir denn noch für unsere große Reise?“, grübelt Ida.

Wummel überlegt: „Na, die Wummelkiste natürlich! Die dürfen wir auf keinen Fall vergessen.“

Die Wummelkiste ist wirklich eine Wunderkiste. Darin hat Opa Otto als Waldmausjunge alles aufbewahrt, was ein echter Tüftler und Abenteurer braucht: ein Taschenmesser, eine Taschenlampe, Hammer und Nägel, Seil und Haken, eine Schaufel, ein Fernglas, einen Kompass und vieles mehr. Aber die Wummelkiste ist viel, viel mehr als nur eine Werkzeugkiste. Sie ist magisch! Denn sie hält immer das bereit, was man im Augenblick braucht. Ihr Zauber hilft, Hindernisse zu überwinden, Gefahren zu entkommen, und macht das scheinbar Unmögliche möglich.

Am Steg hilft Opa Otto ihnen bei den letzten Handgriffen und Kniffen. Er setzt den Mast, und da kommt auch schon Webervogel Wolle angeflattert und liefert das frisch gewebte, super schnittige und extra stabile Segel.

Als bekanntester Tüftler weit und breit hat Opa Otto natürlich noch eine Besonderheit für das Floß ausgetüftelt.

„Fast fertig!“ Opa Otto zeigt auf ein Rad, das neben seiner Werkzeugkiste liegt.

„Was ist das?“, fragt Ida neugierig.

„Das ist ein Schaufelradroboter“, erklärt Opa Otto stolz. „Bei Flaute, also wenn es mal windstill ist, dreht ihr einfach diese Kurbel. Dann bringen die neunundneunzig Zahnräder das Schaufelrad und damit auch euer Floß in Bewegung.“

„Das ist genial!“, jubelt Wummel. „Auf nach Wummelhaven!“

„Leinen los!“, ruft Ida.

Opa Otto winkt ihnen nach. „Ahoi, Käpt’n Ida! Ahoi, Käpt’n Wummel! Gebt gut auf euch acht und grüßt meine liebe Ottilie.“

Kapitänin Ida und Kapitän Wummel übernehmen nun das Ruder und machen sich über den großen Strom auf nach Wummelhaven. Durch den Wind und die Strömung nimmt das Floß rasant Fahrt auf.

Wummel und Ida treiben vorbei an Auen und Wäldern, an Burgen und Schlössern, an Dörfern und Städten. Sie winken Fischern, Matrosen und Passanten zu, die am Flussufer spazieren. Fröhlich singen sie „Eine Seefahrt, die ist lustig, eine Seefahrt, die ist schön!“ und genießen den frischen Wind, der ihnen um die Nasenspitze weht.

Schon bald erreichen sie eine Hafenstadt am Wummelmeer.

„Ida, schau mal, da vorne! Die Mole, der Leuchtturm, die bunten Häuser – das muss Wummelhaven sein."

„Juhu! Wir sind da!", ruft Ida. „Ich halte Ausschau nach der Investigationis. Ottilie erwartet uns bestimmt schon." Langsam schippern die zwei Freunde durch den Hafen und suchen nach Oma Ottilie und ihrem Forschungsboot.

„Ich kann sie nirgends entdecken", murmelt Wummel.

„Mmh, ich auch nicht. Fahr einfach mal langsam weiter", schlägt Ida vor. Doch von der Investigationis keine Spur.

„Das ist merkwürdig. Sehr merkwürdig!", sind sich Wummel und Ida einig.

„Und nun?“, fragt Ida.

„Lass uns das Floß befestigen und an Land gehen“, schlägt Wummel vor. „Oma kommt sicher gleich. Von der Hafenmauer aus sehen wir ja, wenn sie einläuft.“

Also gehen die beiden Seefahrer von Bord. Sie laufen an der Mole entlang bis zum Leuchtturm. Die Hafeneinfahrt behalten sie dabei stets im Blick.

„Moin, Moin“, nuschelt plötzlich eine Stimme von oben. „Was führt denn eine Maus und einen Igel an die See? Hmpf!“

Wummel und Ida blicken überrascht auf.

„Moin! Das ist Wummel und ich bin Ida. Wir kommen aus dem Wummelwald und wir verbringen die Sommerferien hier – genauer gesagt auf der Investigationis, dem Forschungsboot von Wummels Oma Ottilie. Sie erforscht die Geheimnisse des Meeres“, erklärt Ida.

„Kennst du meine Oma? Und weißt du vielleicht, wo sie steckt?“, möchte Wummel wissen.

Die Leuchtturmwärterin kommt die Treppe heruntergewatschelt. „Moin, Moin“, nuschelt sie noch einmal. „Ich bin Lotte. Hmpf!“ Sie schüttelt ihren riesigen Schnabel. Dabei plätschert ziemlich viel Wasser auf den Boden. Und aus dem Schnabel schaut doch tatsächlich eine Fischflosse heraus! Wummel und Ida schauen sich verwundert an.

Lotte schiebt die Flosse in den Schnabel zurück, schluckt einmal kräftig und fährt fort: „Hmpf! Natürlich kenne ich Ottilie, die Seebärin. Habe sie aber seit Tagen nicht gesehen. Hmpf! Normalerweise tuckert sie zwischen Schildkröteninsel und Küste hin und her.“

„Ich habe irgendwie ein seltsames Gefühl“, sagt Wummel besorgt.

„Hmpf, sie kommt bestimmt gleich“, beruhigt ihn Lotte. „Ich muss jetzt zurück auf meinen Posten. Hmpf! Aber wenn ihr Hilfe braucht – ich sehe von da oben alles! Hmpf.“ Schwapp, platsch, schwapp, platsch – hört man Lotte die Stufen des Leuchtturms wieder hochwatscheln.

„Komm, Wummel, lass uns die Hafenmauer entlanggehen“, schlägt Ida vor. „Ottilie wird sicher gleich da sein.“

Die zwei Freunde schlendern suchend die Hafenmauer entlang, bis sie schließlich, von lautem Gerede geleitet, bei der Hafenschenke „Zur wilden Welle“ ankommen. Hier treffen sich Kapitäne großer Schiffe, Seefahrerinnen, Matrosen und wilde Piraten, die auf den Schiffen im Hafen anheuern oder gerade von einer Kaperfahrt zurückgekehrt sind. Es wird geredet, gesungen, getanzt, getrunken und gelacht.

Wummel und Ida bleibt die Spucke weg. Eine echte Hafenkneipe! Mit echten Piraten, wie man sie sonst nur aus Geschichten kennt – mit schwarzen Zähnen, zerrissenen Klamotten, Augenklappen, Hüten und blitzenden Säbeln.

„W-w-wummel, das sind e-e-echte Piraten ...“, stottert Ida entgeistert. Ihre Stacheln beben. „Ich dachte, die gibt es nur in Geschichten.“

„Das dachte ich auch, Ida. Aber die können uns bestimmt weiterhelfen. Lass uns reingehen.“

„Nein, Wummel. Die sehen doch total gefährlich aus. Was, wenn sie uns gefangen nehmen?“

„Das werden sie schon nicht!“, beruhigt Wummel seine Freundin. „Tief durchatmen und Stacheln aufrichten, okay? Wir gehen rein!“

Ida und Wummel nehmen all ihren Mut zusammen und betreten die Kneipe. Der Lärm wird unterbrochen. Alle schauen auf die beiden Freunde.

„Was wollt ihr hier?“, murrt eine alte Piratin.

„Kinder dürfen hier nicht rein“, raunt ein anderer.

„Verschwindet!“, brüllt ein dritter.

Da kommt ihnen der Wellenwirt zu Hilfe und nimmt sie mit hinter die Bar.

Der Wellenwirt gibt Wummel und Ida eine eisgekühlte Limo. „Ihr seid ja mutig, dass ihr euch traut, hier hereinzukommen. Was führt euch nach Wummelhaven?“

Ida und Wummel erzählen ihm die ganze Geschichte und fragen, ob er ihnen helfen kann. Der Wirt zögert kurz. Dann zeigt er auf ein Plakat, das an der Wand hängt:

Er fügt hinzu: „Vor Käpt’n Kroko ist nichts und niemand sicher! Seit mehr als zweiundzwanzig Jahren treibt er sein Unwesen auf dem Wummelmeer. Kapern, entern, fette Beute – ja, so kennen ihn die Leute.“

Der Wellenwirt zögert, als gäbe es da noch mehr zu erzählen, und rückt schließlich auf Idas Drängen hin mit der Sprache heraus. „Die Namen Ottilie und Investigationis sind hier in den letzten Tagen öfter gefallen …“

„Was soll das heißen?“, fragt Ida hastig.

„Etwa, dass meine Oma Ottilie in den Fängen von diesem schauerlichen Piratenkapitän ist?“, fügt Wummel hinzu.

Wieder antwortet der Wellenwirt nur zögerlich: „Liebe Kinder, das ist wohl sehr wahrscheinlich.“

Ida und Wummel sind den Tränen nahe.

„Das gibt es ja nicht!“

„Oh nein, Oma Ottilie! Wir müssen sie finden!“

Der Wellenwirt versucht, die beiden zu beruhigen: „Immer mit der Ruhe, Kinder. Käpt'n Kroko wird Ottilie nichts tun, solange ihr das macht, was er von euch verlangt.“ Wummel und Ida sehen sich ratlos an.

Da fährt der Wirt fort: „Ottilie ist Meeresforscherin und hat keine brauchbaren Schätze an Bord. Also wird Käpt'n Kroko möglicherweise etwas Kostbares von euch fordern. Im Gegenzug gibt er Oma Ottilie und die Investigationis wieder frei.“

„Und was soll das sein?“, fragt Wummel. „Wir sind doch nur hierhergekommen, um unsere Ferien mit meiner Oma zu verbringen.“

„Das wird er euch sicher mitteilen, sobald sein hinterhältiger Plan ausgereift ist. Ich weiß nur, dass Käpt'n Kroko in Rätseln spricht und gern verschlüsselte Botschaften sendet. Mehr kann ich euch im Moment leider nicht sagen. Gebt gut auf euch acht, Kinder! Meist ist ein zweiter Gauner ganz in der Nähe …“, warnt sie der Wellenwirt noch und geht zurück an die Arbeit.

Wummel und Ida gehen mit gesenkten Köpfen nach draußen, zurück zum Anleger, und setzen sich auf die Hafenmauer.

„Was sollen wir jetzt machen?“, fragt Wummel.

„Wir machen das, was wir immer machen, wenn wir nicht weiterwissen. Mal sehen, was die Wummelkiste für uns bereithält“, antwortet Ida hoffnungsfroh. Sie öffnet die magische Kiste und holt ein Fernrohr heraus.

„Na toll! Wie sollen wir damit Oma Ottilie finden? Piraten treiben ihr Unwesen doch viel weiter draußen, auf hoher See“, stellt Wummel enttäuscht fest.

Doch Ida setzt das Fernrohr an und lässt den Blick langsam über das Wasser schweifen. „Ich sehe das weite Meer, ein paar Segelboote und am Horizont eine Inselgruppe. Doch da! Was ist das? Wummel, schau mal dort!“

Wummel nimmt das Fernrohr. Auch er sieht etwas auf den Wellen treiben. „Das ist eine Flasche. Und warte … ich glaube, da ist ein Papier drin. Eine Flaschenpost!“

„Lass uns nachschauen. Schnell aufs Floß, Wummel!“

Die beiden springen auf ihr Floß, kurbeln am Schaufelradroboter und flitzen aufs offene Meer hinaus. Wummel steuert, Ida behält die Flasche mit dem Fernrohr fest im Blick. Doch kurz bevor sie die Flaschenpost erreichen, ist sie plötzlich verschwunden.

„Wummel, stopp!“, ruft Ida. „Ich kann die Flasche nicht mehr sehen.“

Wummel hält das Schaufelrad an. „Lass mich mal schauen. Das darf doch nicht wahr sein – die Flasche ist wie vom Meer verschluckt“, stellt auch Wummel fest.

Ida schnappt sich Taucherbrille und Schnorchel und springt ins Wasser. „Dann schauen wir uns mal unter Wasser um. Komm, Wummel!“

Wummel setzt seine Taucherbrille auf und springt Ida hinterher.

Kaum sind sie untergetaucht, kommen Ida und Wummel nicht mehr aus dem Staunen heraus. Unter ihnen erstreckt sich ein kunterbunter Unterwasserwald. Ein Korallenriff!

Rote, gelbe und violette Korallen leuchten wie Juwelen zu ihnen herauf. Manche sehen aus wie Teppiche, andere wie kleine Bäume und Hände. Dazwischen wuseln bunte Fische in Schwärmen, tummeln sich Schnecken, Muscheln, Seesterne und Seeigel.

Wie aus dem Nichts taucht ein Seepferdchen vor ihren Taucherbrillen auf. Um das Seepferdchen schwimmen munter fünf winzige Seepferdchenkinder herum. Die Kleinen nehmen Ida und Wummel staunend unter die Lupe.

„Wer seid ihr denn?“, piepst eins von ihnen. „Ihr seht ja komisch aus. Papa, was sind das für Tiere?“

„Ich glaube, das sind Meerschweinchen! Haarige Tiere, die im Meer leben“, vermutet ein anderes Seepferdchenkind.

„Aber nein!“, antwortet nun der Seepferdchenpapa. „Schaut auf die Ohren – das ist eine Maus. Und schaut auf die Stacheln – das andere ist ein Igel. Diese Tiere leben eigentlich im Wald“, erklärt er weiter. Dann dreht er sich wieder zu Wummel und Ida um und stellt sich vor: „Ich bin Hippocamp. Kann ich euch helfen?“

Wummel zögert kurz. Doch was entdeckt er da in Hippocamps Bauchtasche? Die Flasche! Wummel deutet darauf. Das Seepferdchen reicht ihm die Flaschenpost.

Ida und Wummel tauchen auf und klettern aufs Floß zurück. Die Seepferdchen recken gespannt ihre Köpfe aus dem Wasser. Wummel öffnet sogleich die Flasche und findet tatsächlich eine Nachricht darin. Er beginnt zu lesen:

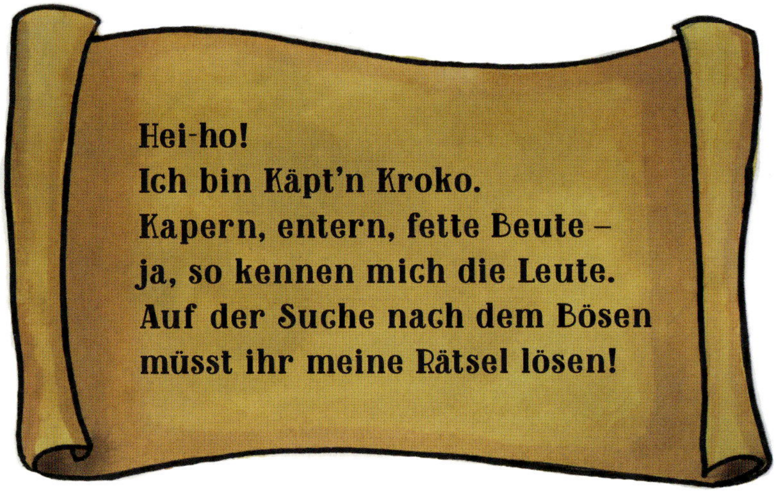

Idas Stacheln spielen verrückt vor Angst, Wummel läuft ein kalter Schauer über den Rücken und die kleinen Seepferdchen verstecken sich schnell in der Bauchtasche des Seepferdchenpapas.

Wummel schaut wieder auf die Nachricht. „Mmh, was soll das bedeuten? Da stehen einzelne Wörter in farbigen Kästchen.“

„Erinnerst du dich nicht an die Worte des Wellenwirts? Er meinte doch, dass Käpt'n Kroko in Rätseln spricht. Das ist eine verschlüsselte Botschaft!“, stellt Ida fest.

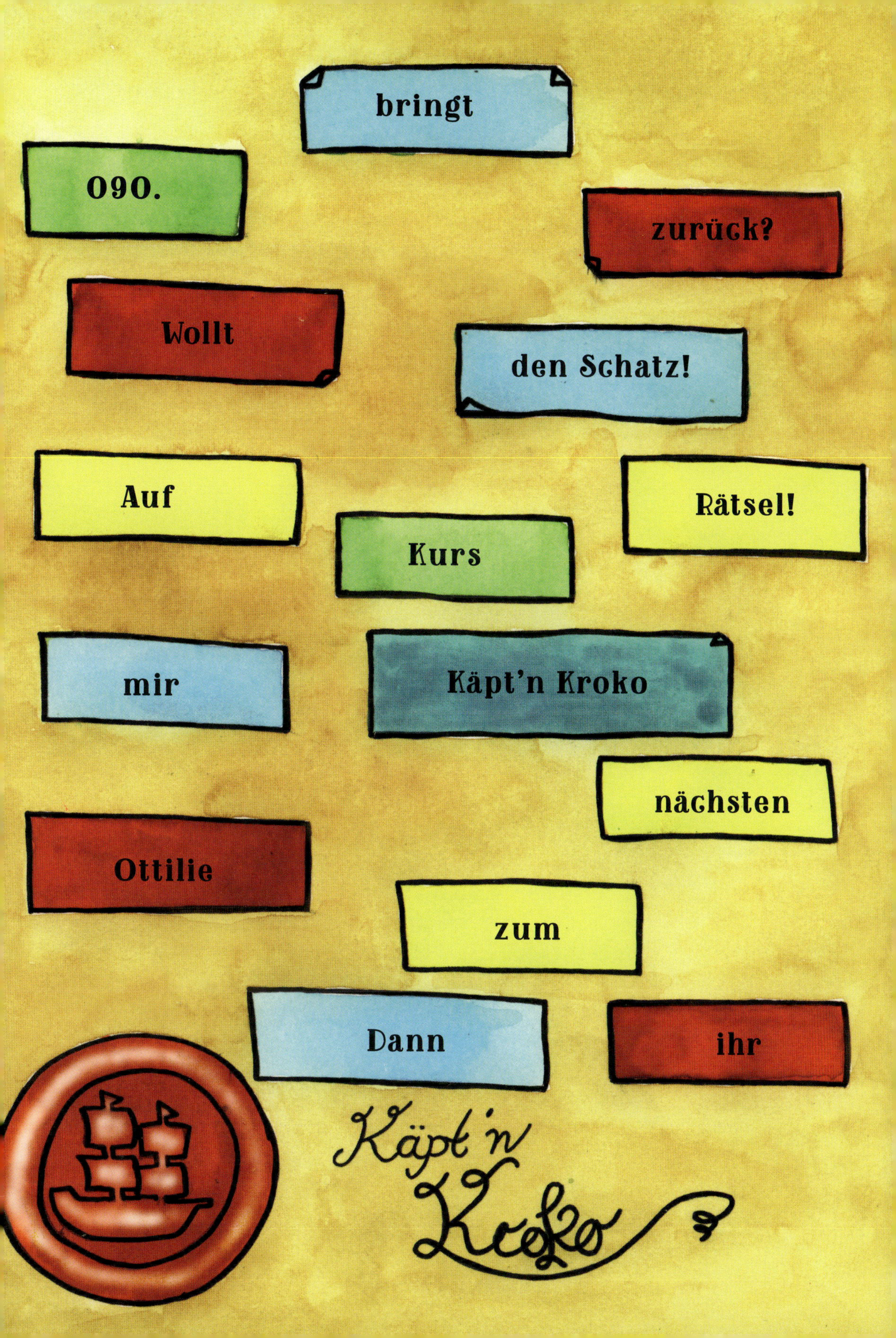
bringt
090.
zurück?
Wollt
den Schatz!
Auf
Rätsel!
Kurs
mir
Käpt'n Kroko
nächsten
Ottilie
zum
Dann
ihr
Käpt'n Kroko

Wummel, Ida und Hippocamp knobeln. Sie schieben die Satzteile hin und her und her und hin.

„Ah, ich hab's!“, ruft Ida. „Da steht: **Wollt ihr Ottilie zurück? Dann bringt mir den Schatz! Kurs 090. Auf zum nächsten Rätsel! Käpt'n Kroko**“

„Jetzt ist es also sicher: Käpt'n Kroko hat die Investigationis gekapert und Oma Ottilie entführt“, stellt Wummel fest. „Aber welchen Schatz will er von uns? Und wohin sollen wir ihn bringen?“

Hippocamp schlägt Alarm: „Kroko! Säbelrasseln, geheime Rätsel und fette Beute – ja, so fürchten ihn die Leute.“ Seine Farbe verändert sich, das Seepferdchen blinkt jetzt wie ein Alarmlicht.

„Tief durchatmen, Stacheln richten und dann machen wir uns auf die Suche“, sagt Ida hoffnungsvoll. „Was bedeutet denn Kurs 090?“

„Na, das heißt Richtung Osten“, weiß Hippocamp.

„Du hast recht, Ida. Also auf Richtung Osten!“, stimmt Wummel zu.

Hippocamp wünscht ihnen noch viel Glück und verschwindet mit seinen Seepferdchenkindern wieder im tiefen, blauen Wasser.

Ida und Wummel holen den Kompass heraus und segeln Richtung Osten, wie es in Krokos Nachricht steht.

Als die Sonne längst hinter ihnen untergegangen ist, werden die zwei Freunde langsam müde. Wummel steuert durch die Nacht, während sich Ida neben ihm einkugelt und schläft. Er holt eine Decke aus der Wummelkiste und deckt das Igelmädchen sorgsam damit zu. Wummels Gedanken drehen sich im Kreis, während er weiter Kurs Richtung Osten hält.

In den frühen Morgenstunden tauschen die beiden, denn auch Wummel braucht noch eine Mütze voll Schlaf.

Die ersten Sonnenstrahlen kitzeln Wummel an der Nase.

„Hatzi, hatzi! Ida, wo sind wir denn? Ich sehe weit und breit nur tiefblaues Wasser. Meinst du, wir finden Oma Ottilie?", fragt Wummel besorgt. „Wir sind schon so weit gesegelt."

Idas Blick gleitet zur Wummelkiste. Dieses Mal hält sie eine Seekarte bereit.

„Mmh, eine Karte … Hier ist Wummelhaven. Und da ist eine Insel." Ida studiert die Karte genauer. „Die Insel heißt Schildkröteninsel", liest sie vor. „UND sie liegt im Osten."

„Zeig mal!", ruft Wummel aufgeregt. „Tatsächlich! Dann auf zur Schildkröteninsel."

„Wummel, warte. Siehst du das nicht? Auf der Karte ist auch ein großes ACHTUNG! eingezeichnet …" Ida zögert. „Was das wohl zu bedeuten hat?"

„Keine Sorge, meine mutige Seebärin. Wir zwei schaffen das schon. Volle Kraft voraus!"

Hoffnungsfroh setzen Ida und Wummel die Segel und nehmen Kurs auf die Schildkröteninsel. Der Wind treibt sie schnell voran. Käpt'n Wummel steuert das Floß, Ida gibt mit dem Kompass und der Seekarte die Richtung vor.

Plötzlich frischt der Wind auf. Dunkle Wolken türmen sich am Himmel und die Wellen peitschen. Es beginnt zu regnen, dann wie aus Kübeln zu schütten.

„Wummel, hier ist deine Schwimmweste. Schnell, zieh sie an!"

„Ida, hilf mir!", ruft Wummel. „Wir müssen das Segel einholen, sonst sind wir verloren!"

Doch zu spät – der Sturm zerfetzt das Segel. Wummel und Ida verlieren die Kontrolle über ihr Floß. Sie kauern sich aneinander und klammern sich an der Wummelkiste fest. Eine große Welle bringt das Floß schließlich zum Kentern und wirft Ida und Wummel über Bord.

„Hilfe! Hilfe!" Idas Stacheln beben vor Angst.

„Bleib immer bei der Kiste, Ida. Halt dich gut an ihr fest!", ruft Wummel durch das brausende Unwetter.

Ida nimmt die Pfeife an ihrer Schwimmweste und bläst mit aller Kraft hinein. Dann pfeift Wummel. Abwechselnd versuchen die beiden, auf sich aufmerksam zu machen.

Auf einmal greift ein langer glibberiger Arm nach Ida. Ein langer glibberiger Arm greift nach Wummel. Und ein langer glibberiger Arm greift nach der Wummelkiste. Die restlichen fünf Arme beginnen zu schwimmen.

„Luft anhalten!“, ruft eine tiefe Stimme. Krakenklausi hat das Pfeifen und Idas Hilferufe gehört und ist gekommen, um die beiden zu retten! Er paddelt wild mit seinen Tentakeln und taucht immer wieder auf, damit die beiden atmen können.

„Jetzt tief Luft holen!“, gibt er das Kommando. Und schon taucht Klausi wieder ab. Die zwei Segler werden durchs Wasser gewirbelt und wissen nicht mehr, wo oben und unten ist. Sie haben Angst und Hoffnung zugleich.

Nach einer gefühlten Ewigkeit setzt Krakenklausi die beiden Schiffbrüchigen an einem Sandstrand ab. Ida und Wummel sind patschnass, durchgefroren und total erschöpft. Doch sie sind in Sicherheit.

Krakenklausi schaut in die Wummelkiste. Er nimmt Handtücher, trockene Kleider, warmen Kakao und Müsliriegel heraus. „Wie kommt das denn alles da rein? Das ist ja magisch", stellt er verwundert fest.

Langsam kommen Wummel und Ida wieder zu Kräften. Sie sehen sich um. Die Sonne scheint und die Wärme tut gut.

Ida schaut die Riesenkrake mit großen Augen an. „Vielen Dank, dass du uns gerettet hast. Aber wer bist du? Und wo sind wir?"

„Ich bin Krakenklausi. Und wir sind hier auf der Schildkröteninsel", antwortet Klausi und fragt sogleich zurück: „Wer seid ihr? Und was macht ihr hier? Das ist die gefährlichste Stelle im Wummelmeer. Ihr habt euer Leben riskiert! Waldtiere auf hoher See – das kann ja nicht gut gehen."

Wummel und Ida erzählen Klausi die ganze Geschichte. Auch er kennt Käpt'n Kroko natürlich.

„Kroko! Säbelrasseln, geheime Rätsel und fette Beute – ja, so fürchten ihn die Leute." Krakenklausi lässt seine Arme tanzen und verspricht: „Bei Neptun! Mit all meinen acht Tentakeln werde ich euch helfen!"

„Aber wie? Dafür brauchen wir einen neuen Hinweis von Kroko …", zögert Wummel.

„Dann nehmt die Wummelkiste und schaut euch erst einmal auf der Insel um", schlägt Klausi vor. „Ich muss hier im Wasser bleiben. Bis später!" Blubb, blubb, blubb … Und schon ist Krakenklausi wieder verschwunden.

Ida und Wummel bahnen sich den Weg durch einen dichten Dschungel. Palmen, exotische Blüten, lautes Zirpen und Gezwitscher lassen die beiden Freunde staunen.

Nach einer Weile erreichen sie die andere Seite der Insel. Sie hören das Rauschen des Meeres – und sind da nicht auch Stimmen? Ein Lachen und Jubeln? Ja, tatsächlich. Wummel und Ida entdecken fünf kleine Schildkröten, die eine Flasche hin- und herkicken.

„Ida, siehst du auch, was ich sehe?", fragt Wummel aufgeregt.

„Ja, klar! Eine Schildkrötenschule! Mit einem Pausenhof und fünf supersüßen kleinen Schildkrötchen."

„Nein! Also ja, schon! Aber schau doch, sie spielen mit einer Flasche. Nichts wie hin!"

Ida und Wummel stürmen auf die Schildkrötchen zu. Diese trauen ihren Augen nicht.

„Hilfe, Hilfe! Zwei haarige, stachelige Außerirdische!", piepsen sie aufgeregt.

Die Lehrerin, eine riesige Meeresschildkröte, kommt im Schildkrötentempo herbeigeeilt. Die Krötchen schnappen sich die Flasche und schlüpfen flink unter den Panzer ihrer Lehrerin. Die reckt ihren Hals in Richtung der beiden Freunde und schaut ein wenig vorwurfsvoll.

„Entschuldigung, wir wollten euch nicht erschrecken", sagt Wummel. „Wir wollen nur die Flasche haben."

Ein mutiges Schildkrötenkind schaut neugierig unter dem Panzer hervor und piepst: „Das ist unsere Flasche! Sie wurde eben angeschwemmt."

Die Lehrerin bleibt stumm. Ihr Blick ist fragend genug.

Also erklärt Wummel wieder, wer sie sind, warum sie auf der Schildkröteninsel gelandet sind und dass es sich bei der Flasche höchstwahrscheinlich um eine Flaschenpost von Käpt'n Kroko handelt.

Ein anderes Schildkrötchen ruft: „Kroko! Säbelrasseln, geheime Rätsel und fette Beute – ja, so fürchten ihn die Leute." Schnell wirft es Wummel die Flasche zu und verschwindet wieder unter dem Panzer. Die Lehrerin bleibt weiter stumm.

Ida nimmt die Flasche, holt den Zettel heraus und liest vor:

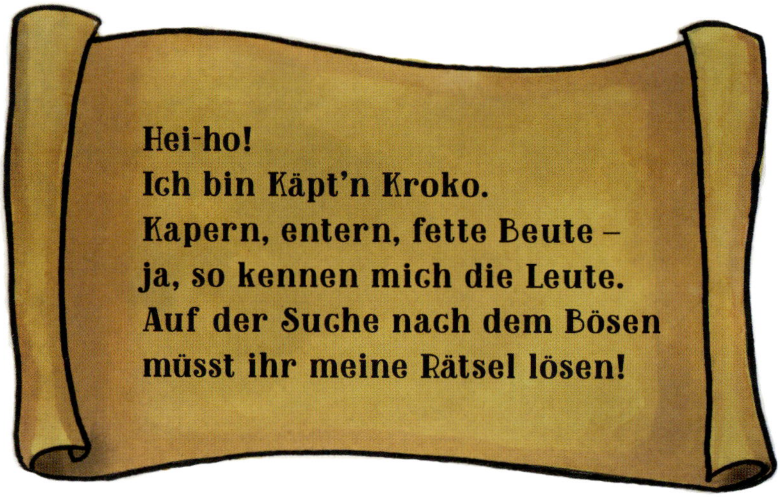

Da bricht die Schildkrötenlehrerin endlich ihr Schweigen. „Kroko", sagt sie leise. „Mit Piratenhut, Säbel und Gewehr macht er uns das Leben schwer." Sie fügt hinzu: „Ich bin Testuda und wohne seit neunundneunzig Jahren auf dieser Insel. Ich kenne Kroko seit seiner ersten Kaperfahrt. Nun lasst mal sehen, was noch in seiner Botschaft steht."

Wummel, Ida und Testuda rätseln und grübeln. Auch die Krötchen schauen wieder neugierig unter dem Panzer ihrer Lehrerin hervor.

Schließlich fasst Ida zusammen: „Kroko lässt Oma Ottilie frei, wenn er im Gegenzug die Wummelkiste bekommt. Das muss es sein."

„Woher weiß Kroko überhaupt von der Wummelkiste? Und dass sie magisch ist?", überlegt Wummel laut.

„Gauner gibt es überall. Und Kroko kennt viele davon – weit über das Wummelmeer hinaus", weiß Testuda.

Wummel und Ida lassen die Schultern hängen. „Und nun?"

Zur gleichen Zeit werden an Bord der Piratia Pläne geschmiedet.

„Na, Leute, was meint ihr? Wollen wir unsere Gefangene bald wieder freilassen und uns endlich die magische Kiste von Wummel und diesem Igelmädchen schnappen?", raunt Käpt'n Kroko.

Die Piratinnen und Piraten grölen zustimmend: „Jawohl! Her mit der Kiste! Weg mit der Omi!"

Oma Ottilie muss sich das schaurige Gebrüll mit anhören. Seit Tagen steht sie nun schon in der Kombüse und schnippelt, brät, backt und brutzelt für die fürchterliche Piratenbande. Sie hat eine dicke Eisenkugel am Bein. Auch Oma Ottilie weiß nicht mehr weiter: „Ob ich wohl bis ans Ende meiner Tage auf diesem Piratenschiff gefangen sein werde? Und die Investigationis in den Fängen dieser schaurigen Piraten bleiben wird? Hoffentlich sind wenigstens die Kinder in Sicherheit …" Bei diesen Gedanken kullern ihr dicke Tränen über die Wangen.

Aber was hat sie da gehört? Wummel? Igelmädchen? Magische Kiste? Oma Ottilie öffnet die Luke und lauscht.

An Deck verkündet der Piratenkapitän gerade den weiteren Plan: „Wir schicken diesem Wummel und seiner Freundin noch ein letztes Rätsel und machen uns in der Zwischenzeit bereit für den Austausch. Also wetzt die Säbel, füllt die Kanonen und legt Taue und Enterhaken bereit. Wir nehmen Kurs auf Wummelhaven!"

„Kinder, ich habe zwar noch keine Idee, aber wir werden uns nicht geschlagen geben“, versichert Testuda. „Wir werden Oma Ottilie retten UND die Kiste behalten!“

„Juhu, juhu!“, quietschen die Schildkrötchen.

Ida öffnet die Wummelkiste und die Krötchen schauen gespannt zu. Diesmal hält die Kiste ein Segel bereit.

„Was sollen wir denn damit?“, rätselt Ida. „Unser Floß liegt doch irgendwo da draußen auf dem Meeresgrund.“ Ein wildes Platschen lenkt alle Blicke Richtung Wasser.

„Moin, Moihhhoin!“, begrüßt sie eine tiefe Stimme. „Schaut mal, was ich gefunden habe.“ Es ist Krakenklausi. In seinen Tentakeln hält er den Rumpf ihres Floßes. „Wie ich sehe, habt ihr schon ein passendes neues Segel dafür. Wo kommt das denn her? Das ist ja unglaublich! Wirklich magisch.“

„Und wo fahren wir mit dem Floß dann hin?“, überlegt Ida. „Wir wissen doch gar nicht, wo Kroko sich herumtreibt und wo die Übergabe stattfinden soll.“

Testuda schlägt vor: „Lasst uns erst mal Kurs auf Wummelhaven nehmen. Das nächste Rätsel kommt bestimmt!“

„Hoffentlich geht es meiner Oma gut“, seufzt Wummel. „Wir müssen sie endlich finden und befreien.“

Klausi muntert die beiden Freunde auf. „Wir sind doch gute Schwimmer, nicht wahr, Testuda? Und das Wummelmeer ist unser Zuhause. Bei Neptun! Ich setze alle Arme in Bewegung. Wäre doch gezappelt, wenn wir Oma Ottilie nicht retten könnten."

Ida und Wummel setzen das Segel. Testuda schickt ihre Schülerinnen nach Hause und stapft ins Wasser. Die beiden Meerestiere bleiben die ganze Zeit dicht am Floß. Kraken-klausi schiebt sie sogar ein bisschen an.

So treiben sie zurück Richtung Wummelhaven. Wummel steuert und Ida hält Ausschau nach einem Zeichen von Käpt'n Kroko – nichts.

„Diese Warterei", jammert Ida. „Es fühlt sich an wie eine Ewigkeit."

Doch dann tauchen plötzlich Haifischflossen rund um das Floß auf. Eine, zwei, drei … noch eine … und da noch eine!

„Wummel, schau nur, diese riesigen dreieckigen Flossen – das sind Haie!“

Die Haie recken ihre Köpfe aus dem Wasser. Sie zeigen ihre scharfen Zähne und ihr fiesestes Grinsen, umzingeln das Floß und kommen immer näher und näher. Bis einer von ihnen schließlich raunt: „So, Leute, das reicht. Haha! Denen haben wir einen ordentlichen Schrecken eingejagt.“ Er schleudert mit der Schwanzflosse eine Flasche auf das Floß und verschwindet mit seiner Bande in der Tiefe.

Idas Stacheln beben vor Angst. Wummel zittert. Die beiden Freunde sitzen zusammengekauert auf ihrem Floß.

Dann tauchen auf einmal zwei große Kulleraugen vor ihnen auf: Klausi. „Puh! Puhuhu! Das ist ja noch einmal gut gegangen.“

„Diese gemeinen Kerle!“ Auch Testuda ist wieder aufgetaucht. „Aber was steht denn eigentlich in der Nachricht?“, lenkt sie dann den Blick auf das Wesentliche. Ida und Wummel öffnen hastig die Flasche. Wummel liest vor:

Hei-ho!
Ich bin Käpt'n Kroko.
Kapern, entern, fette Beute –
ja, so kennen mich die Leute.
Auf der Suche nach dem Bösen
müsst ihr meine Rätsel lösen!

Navigiert Richtung Süden und nehmt Kurs auf „Mount Kroko“. Wenn „Die zwei Piraten“ vor euch auftauchen, navigiert zwischen den Felsen hindurch und haltet Kurs Richtung Südwest. Am Horizont erscheint der „Piratenhut“. Steuert nördlich daran vorbei und nehmt Kurs Nordwest auf. Schließlich erscheint auf Steuerbordseite ein Leuchtturm. Fahrt so weit vor die Bucht, bis ihr die Kirchturmuhr sehen könnt. Stehen beide Zeiger auf der 12, geht es los!

Aufgeregt kramen sie die Seekarte wieder heraus und suchen den Weg. Krakenklausi und Testuda schauen gespannt zu.

„Die Übergabe soll also morgen Mittag vor der Küste von Wummelhaven stattfinden“, fasst Testuda zusammen. „Auf dem Wasser ist Kroko natürlich stark.“

„Stark? Unschlagbar!“, wendet Ida ein.

Auch Wummel lässt entmutigt den Kopf hängen. „Wir werden ihm die Wummelkiste überlassen müssen. Gegen Kroko und seine Piratenbande, ihre Säbel und Kanonen, haben wir vier doch keine Chance!“

„Wir vier nicht, das stimmt. Aber …“, widerspricht ihm Klausi, „aber wir Meerestiere halten zusammen. Pünktlich zur vollen Stunde macht Lotte immer ihren Rundgang und hält vom höchsten Punkt des Leuchtturms Ausschau. Wir werden ihr also morgen früh das SOS-Signal senden.“

„Genau“, bestätigt Testuda. „Lotte wird uns die Hafenpolizei schicken – das ist ihr Job.“

„Hmm, ich weiß nicht …“, wendet Wummel ein. „Die Piraten sind trotzdem viel stärker und haben außerdem ihre Waffen. Die Hafenpolizei allein wird uns nicht helfen können. Die suchen doch schon ewig nach Käpt’n Kroko und bitten sogar die Bevölkerung um Hilfe. Wir müssen ihn irgendwie überlisten.“

„Zaubern müsste man können …“, seufzt Ida.

„Zaubern?“, hakt Klausi nach. „Habt ihr nicht gesagt, dass die Wummelkiste magisch ist? Das ist doch die Lösung!“

Wummel öffnet die Kiste. Alle schauen gespannt hinein.

„Sie sieht auf einmal riesig aus“, stellt Ida fest. „Als könnte man eine ganze Mannschaft darin verstecken.“

„Eine ganze Mannschaft? Das ist die Idee!“, ruft Testuda begeistert. „Passt auf“, fährt sie fort, „wir verstecken die Hafenpolizei in der Wummelkiste, übergeben Kroko die Kiste und bekommen im Gegenzug Oma Ottilie und die Investigationis zurück.“

„Ja! Jahaha! Und wenn Kroko dann nichts ahnend seinen Erfolg feiert, schleichen die Polizisten aus der Kiste, überrumpeln die Piratenbande und machen die Halunken dingfest“, beendet Klausi den Plan.

„Wir schleusen die Hafenpolizei also mithilfe der Wummelkiste heimlich aufs Piratenschiff. Käpt'n Kroko wird so überrascht sein, dass er nicht schnell genug reagieren kann. Das ist genial!“, ruft Ida begeistert.

„Was für ein grandioser Plan!“, findet auch Wummel.

„Nun legt euch aber schlafen. Ihr müsst morgen fit sein“, erinnert Testuda die beiden Freunde.

Nach einer fast schlaflosen Nacht machen sich Wummel, Ida, Krakenklausi und Testuda früh auf Richtung Küste.

Von der Piratia ist noch keine Spur zu sehen. Also setzt Klausi unbekümmert den SOS-Ruf ab. Mit seinen langen Armen formt er erst ein „S“, dann ein „O“ und schließlich wieder ein „S“. Das müsste Lotte sehen, wenn sie wie gewohnt zur vollen Stunde auf dem Leuchtturm ist.

Doch nichts passiert.

Krakenklausi versucht es noch einmal. Seine Tentakeln schwingen durch die Luft und formen die Buchstaben „SOS“. Da – ein kurzes Aufblinken am Leuchtturm!

„Lotte hat uns entdeckt. Es läuft alles nach Plan“, stellt Testuda zufrieden fest. „Jetzt müssen wir uns ruhig verhalten. Die Piratia ist sicher schon auf dem Weg hierher.“

Je näher die Mittagsstunde rückt, desto angespannter wird die Stimmung auf dem Floß.

„Was, wenn keine Verstärkung kommt?“, „Was, wenn uns die Piraten aus der Ferne beobachtet haben?“, „Was, wenn sie gar nicht kommen?“, „Was, wenn unser Plan nicht aufgeht?“, fragen Wummel und Ida durcheinander. Die beiden Freunde können die Aufregung, Angst und Hoffnung kaum ertragen. Es steht so viel auf dem Spiel!

Gespannt halten sie weiter Ausschau nach dem Piratenschiff.

Und da! Ein großes Schiff taucht am Horizont auf. Mächtig. Imposant. Die Piratia.

Alle erstarren. Schließlich sagt Krakenklausi: „Es geht los! Alle auf Position.“ Er taucht ab, um nachzuschauen, ob ihre Verstärkung schon angekommen ist.

In diesem Moment trifft ein U-Boot am Einsatzort ein – die Hafenpolizei ist zur Stelle! Testuda erklärt rasch ihren Plan. Die Polizisten zeigen Daumen hoch und springen einer nach dem anderen in die Wummelkiste.

„Unglaublich, dass wir da alle reinpassen“, staunen die Möwen. „Und sogar mit kugelsicheren Westen – das ist ja magisch!“

Die Piratia fährt bis auf ein paar Meter an das Floß heran. Käpt'n Kroko tritt an die Reling und ruft:

„Hei-ho!
Hier ist Käpt'n Kroko.
Auf der Suche nach dem Bösen
konntet ihr die Rätsel lösen.
Ich gebe zu, das war nicht schlecht,
drum liefern wir uns kein Gefecht.
Jetzt aber her mit dieser Kiste!
Die steht schon lang auf meiner Liste.
Ihr bekommt dafür die Omi zurück
und jeder ist im Glück!"

Die Piraten stellen sich neben ihn an die Reling und grölen: „Her mit der Kiste, weg mit der Omi!"

„Also, ihr Fellnasen, ihr habt es gehört. Piraten, auf Position!" Käpt'n Kroko verschwindet kurz in der Kapitänskajüte und kommt mit Oma Ottilie und einem Schlüsselbund zurück.

„Wummel, Ida, da seid ihr ja!", ruft Oma Ottilie mit zitternder Stimme. Idas Stacheln beben.

„Oma Ottilie!", ruft Wummel erleichtert. „Gleich bist du in Sicherheit!"

Käpt'n Kroko löst die Metallkugel von ihrem Fuß. „Los, steig auf die Reling. Ich zähle bis drei, und dann springst du. Und du, Stachelschwein, befestigst die Kiste an unserem Seilzug. Bei drei lässt du los und Kalle zieht die Kiste hoch."

„Und was ist mit der Investigationis?", fragt Oma Ottilie mutig.

„Den Schrottkahn lässt Piratenpaul gleichzeitig los", antwortet Kroko barsch und übergibt ihr widerwillig die Schlüssel.

Währenddessen halten sich Krakenklausi und Testuda gut versteckt. Sie sind sich sicher: Es funktioniert! Alles läuft nach Plan und Kroko hat nicht die leiseste Ahnung, dass es doch noch ein Gefecht geben wird …

„Eins, zwei, drei!", ruft Käpt'n Kroko. Oma Ottilie hält sich die Nase zu und springt ins Wasser, Co-Kapitän Kalle zieht am Flaschenzug und Piratenpaul macht die Leine der Investigationis los.

Die Piratenbande grölt: „Endlich haben wir die Kiste!"

„Auf Nimmerwiedersehen, ihr Fellnasen. Hahaha!", ruft Käpt'n Kroko und verschwindet mit der Wummelkiste in seiner Kajüte.

Ida und Wummel helfen Oma Ottilie aufs Floß. Sie liegen sich in den Armen.

„Kinder, bin ich froh, euch zu sehen! Ich kann nicht glauben, dass ihr mich gerettet habt. Oh, meine Lieben, meine mutigen Helden … Lasst uns schnell die Investigationis abfahrbereit machen. Und dann ab nach Hause!"

„Aber nein, doch nicht ohne die Wummelkiste", wendet Ida ein. „Die holen wir uns nämlich zurück! Wir lassen Kroko doch nicht einfach so davonkommen."

„Wir haben einen Plan, Oma", erklärt Wummel. „Und viele Helfer. Denn wir Meerestiere halten zusammen!"

Unterdessen spricht Käpt'n Kroko auf der Piratia zu seiner Bande: „So, Leute! Ihr könnt die Waffen niederlegen und eure Posten vorübergehend verlassen. Nach dieser fetten Beute habt ihr euch eine Pause verdient. Ich spendiere eine Extrarunde Eistee!"

Das lassen sich die Piraten nicht zweimal sagen. Mit ihren kühlen Drinks legen sie sich in die Hängematten an Deck und feiern ihren Triumph.

Kroko geht in seine Kapitänskajüte und bestaunt die Wummelkiste. „Du wirst mir gute Dienste leisten, hahaha! Kein Schatz auf hoher See wird mir verwehrt bleiben und ich werde noch gefürchteter sein. Hei-ho, ich bin Käpt'n Kroko! Kapern, entern, fette Beute – ja, so kennen mich die Leute!", singt er zufrieden.

Dann gönnt sich auch der Piratenkapitän einen Eistee und ein Nickerchen in seiner Hängematte.

Krakenklausi und Testuda schieben das Floß an. Unbemerkt folgen sie dem Piratenschiff. Lotte behält vom Leuchtturm aus alles im Blick.

In der Zwischenzeit haben die Einsatzkräfte der Hafenpolizei den Einsatzplan gemacht: In Zweierteams wollen sie sich um jeweils einen Halunken kümmern. Unbemerkt steigen die Möwen aus der Kiste und nehmen Position ein. Der Überraschungseffekt ist ihre stärkste Waffe!

Die Sturmmöwe gibt das Signal zum Zugriff: „Waffen ins Wasser, Kanonen entschärfen, Handschellen klick – und dann ab ins Gefängnis."

Krakenklausi packt acht Halunken gleichzeitig und wirft sie ins kalte Nass.

„Ida, Wummel, jetzt kommt euer Einsatz! Holt die Wummelkiste zurück!“, ruft Klausi. Mit seinen langen Armen hebt er die beiden aufs Piratenschiff. Wummel und Ida flitzen zur Kapitänskajüte. Zwei Hafenpolizisten geben ihnen Deckung. Auf dem Kapitänsschreibtisch entdecken sie die Wummelkiste.

„Schnell, Wummel!“, ruft Ida. Ihre Stacheln beben.

Wummel greift rasch nach der Kiste. Gemeinsam stürmen sie unter Deckung der Möwen zurück an die Reling. Dort streckt Krakenklausi schon seine Tentakeln nach ihnen aus. Er schnappt die beiden und setzt sie mitsamt der Wummelkiste auf der Investigationis ab, die Oma Ottilie in der Zwischenzeit startklar gemacht hat.

Krakenklausi rüttelt noch ein paar Mal heftig an der Piratia, bis schließlich kein Pirat mehr steht. Handschellen klicken, Waffen platschen ins Wasser und das Gefängnis füllt sich. Im Nullkommanichts macht die Hafenpolizei die Piratenbande dingfest.

Unterdessen ruft Oma Ottilie: „Festhalten!“, und startet den Superturbodüsenantrieb ihres Forschungsbootes. Die Investigationis düst wie ein Luftkissenboot Richtung Wummelhaven. Testuda und Krakenklausi lassen sich an Tauen hinterherziehen.

„Juhu, so stelle ich mir Wasserskifahren vor!“, ruft Klausi vergnügt.

„Ooooh, so schnell bin ich ja noch nie vom Fleck gekommen“, stellt auch Testuda begeistert fest.

Lotte hat die Rettungsaktion von ihrem Leuchtturm aus beobachtet. „Bravo! Hmpf! Bravo!“, ruft sie begeistert. Schnell watschelt sie die Treppe hinunter und rennt klatschend zum Anleger.

Auf dem Weg ruft sie laut: „Sie haben es geschafft, Käpt’n Kroko ist gefasst! Hmpf!“ Die Bewohner von Wummelhaven kommen in Scharen aus ihren Häusern. Sie folgen Lotte zum Anleger und stimmen voller Freude ein: „Sie haben es geschafft, Käpt’n Kroko ist gefasst!“

Die Investigationis nähert sich dem Hafen. Wummel und Ida können die jubelnde Menge schon hören.

„Schaut, Kinder!“, ruft Oma Ottilie. „Wir werden wie Helden empfangen! Ist das nicht großartig? Ihr habt es geschafft, den gefürchteten Piratenkapitän Kroko zu überführen. Ich bin sehr, sehr stolz auf euch.“

Nur wenig später steuert Einsatzleiterin Sturmmöwe auch das Piratenschiff mit den Gefangenen in den Hafen. Die Wummelhavener trauen ihren Augen nicht: Käpt’n Kroko wurde endlich geschnappt! Er wird in Handschellen abgeführt und ruft der Menge zu:

„Hei-ho!
Ich bin Käpt’n Kroko.
Kapern, entern, fette Beute –
ja, so kennen mich die Leute.
Ihr denkt, ihr habt mich nun besiegt?
Doch da täuscht ihr euch gewaltig.“

Die Jubelrufe hallen durch die ganze Hafenstadt. Auch der Wellenwirt eilt herbei. Er kann es kaum glauben. „Das muss gefeiert werden! Heute Abend gibt es Frei-Limo für alle. Und Musik!“, ruft er voller Freude.

Die Sturmmöwe überreicht Wummel und Ida feierlich ein Säckchen mit 300 Wummeltalern darin. „Hier ist das Kopfgeld für Käpt’n Kroko. Euer wohlverdientes Feriengeld. Ihr zwei seid wirklich ein unschlagbares Team.“

„Wow, so viel Geld! Und dann noch eine Riesenparty?“, staunt Ida.

„Na, dann lasst uns mal das Tanzbein schwingen. Ich liebe tanzen!“, freut sich Oma Ottilie.

„Aber dafür brauchst du doch Opa Otto“, wendet Wummel ein.

„Ganz genau! Und schaut mal, wer da kommt … Die Party kann beginnen!“

Als die Musik verstummt, gehen Wummel und Ida, Oma Ottilie und Opa Otto zurück zur Investigationis. Sie legen sich in die Kojen.

„Gute Nacht, meine Lieben", sagt Opa Otto. „Schlaft jetzt, denn morgen müsst ihr fit sein! Schließlich seid ihr ja hier, um das blaue Herz unseres Planeten zu erforschen …"

Birte Kiesgen (* 1981) studierte Anglistik und Romanistik an der Universität Würzburg und an der University of Wales in Swansea. Sie ist seit vielen Jahren als Gymnasiallehrerin tätig. Mit ihrem Mann und ihren drei Kindern lebt sie heute in der Nähe von München. Ihren Kindern las sie aus unzähligen Kinderbüchern vor. Bis heute nimmt das Vorlesen viel Platz in ihrem Alltag ein. Sie liebt Bücher! So dachte sie sich eines Tages selbst spannende Abenteuergeschichten rund um den Waldmausjungen Wummel und seine Freunde aus …

Leon Kneffel (* 1989) wuchs in Düsseldorf in einem Künstlerhaus auf und war schon früh von Kunst umgeben. Er liebt Comics und zeichnete schon immer leidenschaftlich gern. Nach seinem Schulabschluss entschied er sich für eine Ausbildung zum Physiotherapeuten mit anschließendem Studium im Gesundheitswesen. Nach ein paar Jahren in seinem Beruf führte ihn sein Weg wieder zurück in die Kunst und insbesondere zur Illustration. In die Erschaffung der Wummelwelt und ihrer Bewohner hat er viel Herzblut gesteckt. Leon Kneffel lebt mit seiner Frau und seiner Tochter in Düsseldorf.

Band 1: 978-3-98507-118-0

Wummel, der kleine Waldmausjunge, liebt den Wald und er liebt Abenteuer. Eines Tages finden er und seine allerbeste Freundin Ida ein Foto, auf dem Wummels Opa Otto mit einer geheimnisvollen Kiste zu sehen ist. Was sich darin wohl verbirgt? Wo ist sie? Ist sie wirklich so gut versteckt, dass sie niemand finden kann? Wummel wittert ein Abenteuer. Heimlich machen sich Wummel und Ida auf die Suche nach der geheimnisvollen Kiste. Doch der Weg ist voller Gefahren und Hindernisse ...

Band 2: 978-3-8289-4031-4

Wummel liebt den Winter. Als sich der erste Frost ankündigt, entdeckt er in Opa Ottos Tüftlerwerkstatt den Bauch eines Flugzeugs. Sofort wittert Wummel ein großes Winterabenteuer!
In der Nacht träumt er vom Fliegen, vom verschneiten Wummelwald und von Schneeflocken, die wie glitzernde Diamanten um seine Nase tanzen. Bleibt es Wummels großer Traum? Oder ist es tatsächlich möglich, dass Waldmäuse fliegen?
Mit einem waghalsigen Testflug beginnt eine aufregende Abenteuerreise …

IMPRESSUM

Besuchen Sie uns auf
www.tausendkind.de

Weltbild GmbH & Co. KG, Ohmstraße 8a, 86199 Augsburg
Lektorat: Maria Höck, München
Korrektorat: Alexandra Fauth-Nothdurft, Herrenberg
Layout, Covergestaltung, Satz: Maria Seidel, atelier-seidel.de
Druck und Bindung: Typos, tiskařské závody, s.r.o., Plzeň
Printed in the EU
ISBN 978-3-8289-4075-8

N
NO
O
SO
S
SW
W
NW
Schatzinsel
ACHTUNG!
Wummelhaven
Wummelwald
Wummeldorf